LA PEQUEÑA LOCOMOTORA QUE SÍ PUDO

VERSIÓN ORIGINAL COMPLETA

RECONTADA POR WATTY PIPER

Ilustrada por George y Doris Hauman

Traducción de Alma Flor Ada

PLATT & MUNK, Publishers

NEW YORK

A Division of Grosset & Dunlap

ISBN 0-448-41096-6

2006 Printing

First Spanish language edition.

Chaca, chaca, chaca. Chu...chu...chu.... Talán, talán. El trencito se estremecía sobre los rieles. Era un trencito feliz porque tenía una

carga muy alegre. Sus vagones estaban repletos de cosas divertidas
para los niños y las niñas.

Había animales de juguete: jirafas de largos cuellos, ositos de

peluche casi sin cuello y hasta un bebé elefante. Además había
muñecas: muñecas de ojos azules y rizos rubios, muñecas de ojos

negros y melenas castañas y el payasito de juguete más divertido que hayas visto nunca. Y había vagones repletos de carros de bomberos y

aeroplanos de juguete, trompos, cuchillas, rompecabezas, libros y todo tipo de juguetes que un niño o una niña pudiera querer.

Pero eso no era todo. Algunos de los vagones estaban llenos de sabrosos alimentos para los niños y las niñas: grandes naranjas doradas, manzanas de mejillas rojas, botellas de leche cremosa para

su desayuno, espinaca fresca para su comida, caramelos de menta y caramelos de chupete para su merienda.

El trencito estaba llevando todas estas cosas maravillosas a los niños y las niñas del otro lado de la montaña. La locomotora resoplaba

contenta. Pero de momento se detuvo con una sacudida. No podía
avanzar ni una pulgada más. Trató y trató, pero sus ruedas no se
movían.

    ¿Qué iban a hacer todos los niños y las niñas buenos del otro lado de la montaña sin los maravillosos juguetes para jugar ni los alimentos buenos para comer?

—Aquí llega una locomotora nueva y brillante—dijo el gracioso payasito, saltando del tren. —Vamos a pedirle que nos ayude.

Y todas las muñecas y los juguetes clamaron al mismo tiempo:

—Por favor, Locomotora Nueva y Brillante, ¿arrastrarías nuestro tren sobre la montaña? Nuestra locomotora se ha roto y los niños y las

niñas del otro lado no tendrán juguetes para jugar ni buenos alimentos para comer a menos que nos ayudes.

Pero la Locomotora Nueva y Brillante replicó: —¿Que yo los arrastre? Soy una Locomotora de Pasajeros. Acabo de llevar un magnífico tren sobre la montaña, con más vagones que los que pueden imaginarse. Mi tren tenía vagones dormitorio, con literas cómodas; un vagón comedor donde los mozos les sirven a los pasajeros lo que

quieran comer y vagones de primera en los que los pasajeros se sientan en sillones cómodos y miran por las grandes ventanillas de cristal. ¿Yo voy a arrastrar un tren como el de ustedes? ¡Por supuesto que no!

Y se marchó al depósito, donde viven las locomotoras cuando no están trabajando.

¡Qué tristes se sintieron el trencito y todas las muñecas y juguetes!
Entonces el payasito exclamó: —La Locomotora de Pasajeros no

es la única del mundo. Por ahí viene otra locomotora, una locomotora grande y fuerte. Vamos a pedirle que nos ayude.

El payasito de juguete hizo una señal con su bandera y la locomotora grande y fuerte se detuvo.

—Por favor, oh por favor, Locomotora Grande—clamaron todas las muñecas y juguetes al mismo tiempo. —¿Arrastrarías, por favor, nuestro tren sobre la montaña? Nuestra locomotora se ha roto y los niños y las niñas del otro lado no tendrán juguetes para jugar ni buenos

alimentos para comer a menos que nos ayudes.

Pero la Locomotora Grande y Fuerte rugió: —Yo soy una Locomotora de Carga. Acabo de arrastrar un gran tren cargado de

grandes maquinarias sobre la montaña. Estas maquinarias imprimen libros y periódicos para que los lean los adultos. Soy una locomotora muy importante. ¡No voy a arrastrar un tren como el de ustedes! Y la Locomotora de Carga se marchó al depósito resoplando indignada.

El trencito y todas las muñecas y juguetes estaban muy tristes.

—Alégrense—les gritó el payasito. —La Locomotora de Carga no es la única del mundo. Aquí viene otra. Se la ve muy vieja y cansada,

pero como nuestro tren es tan pequeño, quizá pueda ayudarnos.

Y el payasito de juguete hizo una señal con su bandera y la vieja locomotora sucia y oxidada se detuvo.

—Por favor, Locomotora Bondadosa—clamaron todas las muñecas y los juguetes al mismo tiempo. —¿Arrastrarías, por favor, nuestro tren sobre la montaña? Nuestra locomotora se ha roto, y los niños y las niñas del otro lado no tendrán juguetes para jugar ni buenos alimentos para comer a menos que nos ayudes.

Pero la Vieja Locomotora Oxidada suspiró: —Estoy tan cansada. Tengo que descansar mis ruedas cansadas. No puedo arrastrar ni siquiera un tren tan pequeño como el suyo sobre la montaña. No puedo. No puedo. No puedo.

Y se fué traqueteando al depósito resoplando: —No puedo. No puedo. No puedo.

Y entonces sí que el trencito se puso muy, muy triste y las muñecas y los juguetes estaban a punto de llorar.

Pero el payasito exclamó: —Viene otra locomotora, una pequeña locomotora azul, muy pequeñita, quizá nos ayude.

La locomotora pequeñita venía traque-traqueteando alegremente. Cuando vió la bandera del payaso de juguete, se detuvo rápidamente.

—¿Qué pasa, amiguitos?—preguntó cariñosamente.

—Oh, Pequeña Locomotora Azul—clamaron las muñecas y los juguetes. —¿Podrías arrastrarnos sobre la montaña? Nuestra locomotora se ha roto y los niños y las niñas del otro lado no tendrán

juguetes para jugar ni buenos alimentos para comer, a menos que nos ayudes. Por favor, por favor, ayúdanos, Pequeña Locomotora Azul.

—No soy muy grande—dijo la Pequeña Locomotora Azul. —Me usan sólo para cambiar trenes en el depósito. Nunca he cruzado la montaña.

—Pero tenemos que cruzar la montaña antes de que los niños se despierten—dijeron todas las muñecas y todos los juguetes.

La pequeña locomotora levantó la vista y vió lágrimas en los ojos de las muñecas. Y pensó en todos los niños y las niñas del otro lado de la montaña que no tendrían juguetes ni sabrosos alimentos a menos

que ella ayudara.

Y entonces dijo: —Creo que sí puedo. Creo que sí puedo. Creo que sí puedo. Y se enganchó al trencito.

Y tiró y haló y haló y tiró y lentamente, lentamente, lentamente se

pusieron en marcha.

El payaso de juguete subió a la locomotora y todas las muñecas y los animales de juguete empezaron a sonreír y a vitorear.

Chu...chu...chaca, chaca, avanzaba la Pequeña Locomotora Azul.

—Creo que sí puedo, creo que sí puedo, creo que sí puedo, creo que sí puedo, creo que sí puedo, creo que sí puedo, creo que sí puedo,

creo que sí puedo, creo que sí puedo.

Arriba, arriba, arriba. Más rápido, más rápido, más rápido, más rápido trepaba la pequeña locomotora, hasta que por fin llegaron a la cima de la montaña.

Abajo en el valle estaba la ciudad.

—¡Viva, viva!—exclamaron el gracioso payasito y todas las muñecas y juguetes. —Los niños y las niñas de la ciudad se alegrarán porque fuiste bondadosa y nos ayudaste, Pequeña Locomotora Azul.

Y la Pequeña Locomotora Azul sonrió y parecía decir a medida que resoplaba montaña abajo:

—Pensé que sí podía. Pensé que sí podía. Pensé que sí podía.
Pensé que sí podía.

Pensé que sí podía.

Pensé que sí podía.